名家美术高考改优示范系列

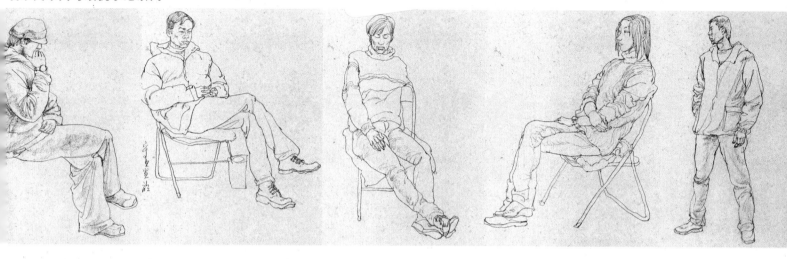

名家王守业速写改优

WANG SHOUYE SKETCH CORRECTIONS

编　著／王守业
AUTHOR／WANG SHOUYE

吉林美术出版社
JI LIN FINE ARTS PRESS

BRIEFINTRODUCTIONOFWRITER
作者简介

王守业，1959年出生，1984年毕业于东北师范大学美术系油画专业，1997年结业于中央美术学院油画系助教班，1999年创办王守业美术学校，(Tel：13804352965)现任教于东北师范大学美术学院。

出版作品《新思维人物速写》、《素描人像高考30天》、《色彩静物高考30天》、《素描静物高考30天》等。油画作品先后参加全国美展和省美展，并在美国、日本、香港、台湾、新加坡等地展出。

　　2002 年 4 月，我编写了《新思维人物速写教程》，目的是解决怎样画速写的问题，满足了一些同学学习速写的要求。但是同学们在画速写的过程中又遇到了新的问题。比如虽然画了一定数量的速写，有了一些进步，可一段时间好象画来画去一个样，问题又不知道出在哪里，对继续练习感到茫然。这本书就是针对同学们在学习的不同阶段，易出现的问题以及如何发现和解决这些问题而编的。

　　书中选择的学生作品是比较有代表性的，出现的问题也有一定的普遍性。我们对问题和毛病都进行了点评，并以"改优"的形式帮助同学们解决问题，同学在认识和理解这些问题的同时就会潜移默化地提高自己发现问题的能力，也就能够在画速写时尽量避免同样的问题，并进行有针对性地自觉训练。如果能够解决好每一阶段的问题，速写就能越画越好了。

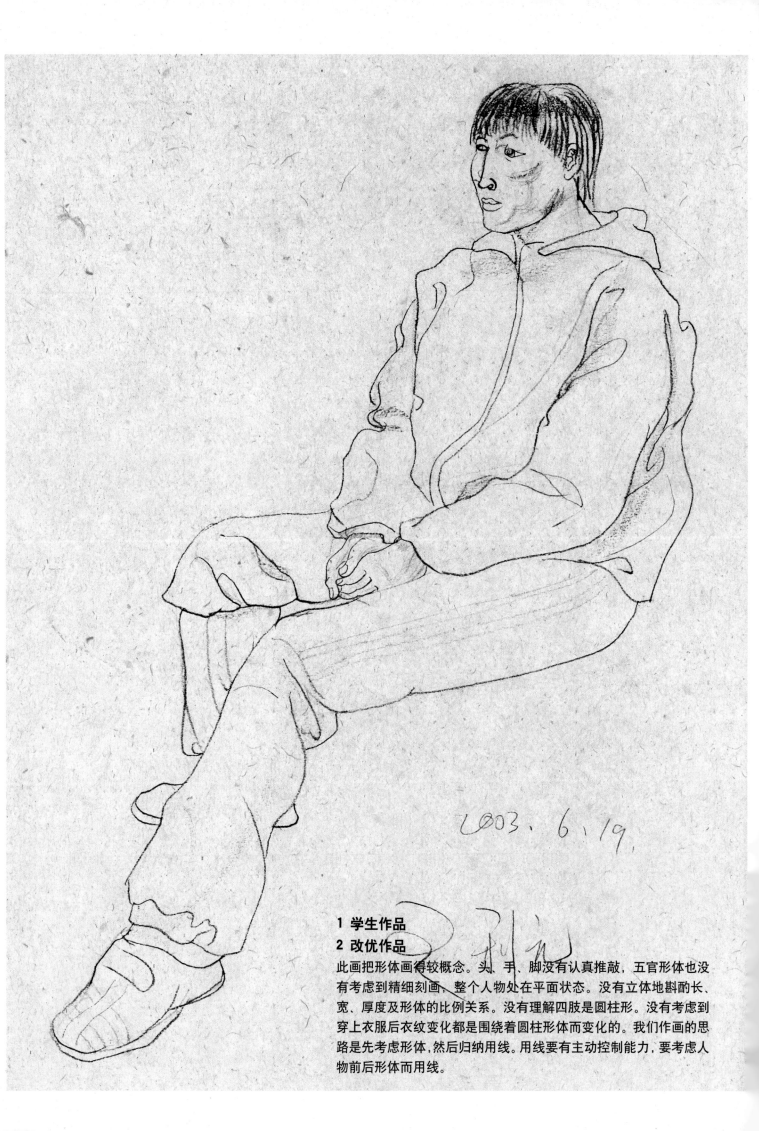

2003. 6. 19.

1 学生作品
2 改优作品

此画把形体画得较概念。头、手、脚没有认真推敲，五官形体也没有考虑到精细刻画，整个人物处在平面状态。没有立体地斟酌长、宽、厚度及形体的比例关系。没有理解四肢是圆柱形。没有考虑到穿上衣服后衣纹变化都是围绕着圆柱形体而变化的。我们作画的思路是先考虑形体，然后归纳用线。用线要有主动控制能力，要考虑人物前后形体而用线。

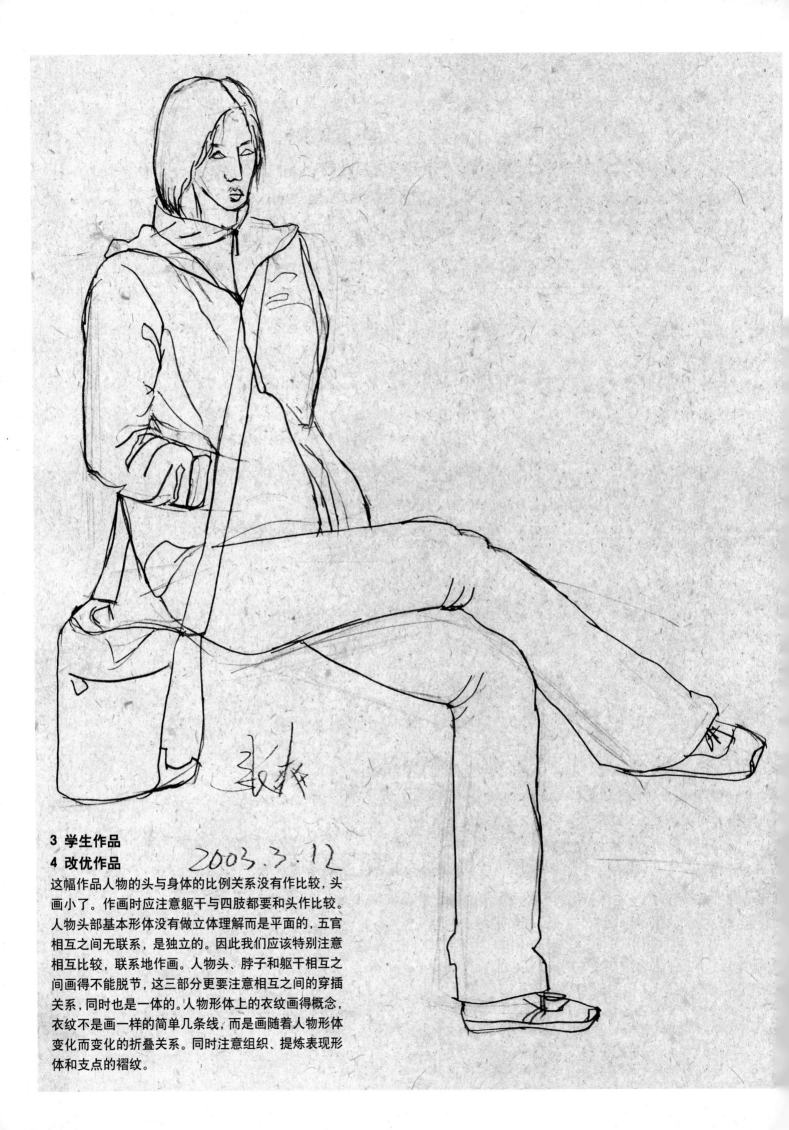

3 学生作品

4 改优作品

2003.3.12

这幅作品人物的头与身体的比例关系没有作比较，头画小了。作画时应注意躯干与四肢都要和头作比较。人物头部基本形体没有做立体理解而是平面的，五官相互之间无联系，是独立的。因此我们应该特别注意相互比较，联系地作画。人物头、脖子和躯干相互之间画得不能脱节，这三部分更要注意相互之间的穿插关系，同时也是一体的。人物形体上的衣纹画得概念，衣纹不是画一样的简单几条线，而是画随着人物形体变化而变化的折叠关系。同时注意组织、提炼表现形体和支点的褶纹。

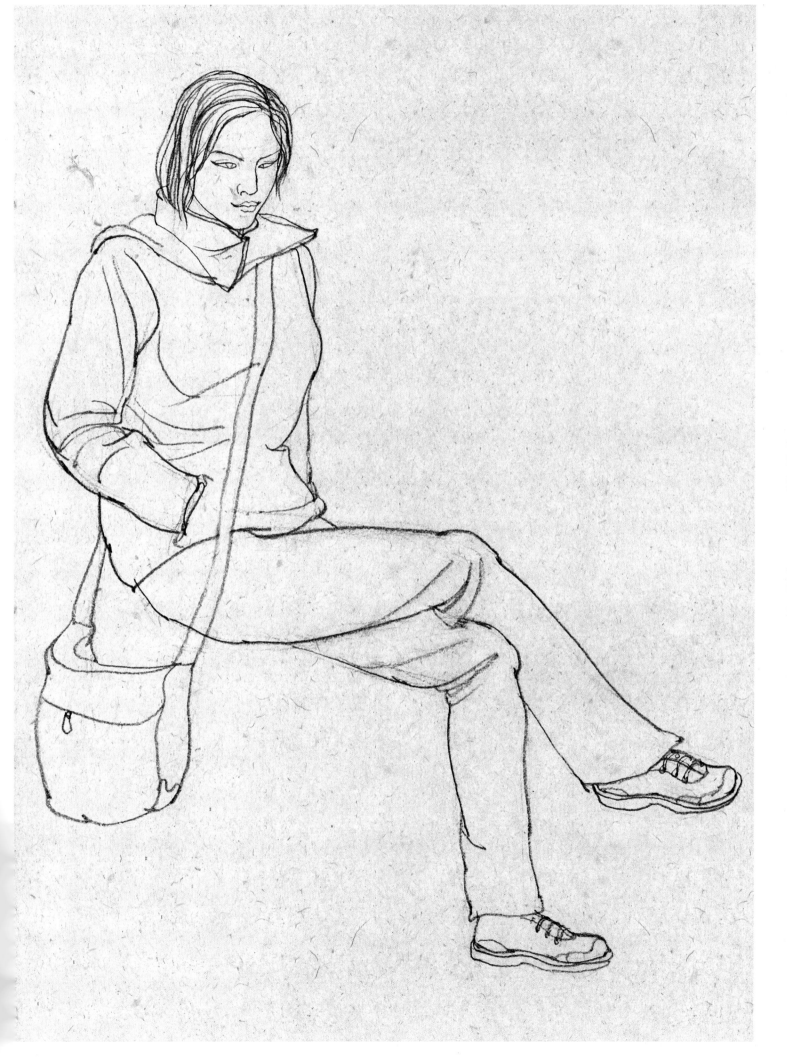

5 学生作品

6 改优作品

人物整个形体的比例把握还可以，但头、手、脚
不能和躯干等形体一样概括地去画，要精细具体
刻画脸部五官，要仔细分析眉、眼、鼻、嘴、耳
的特点，要刻画细微特点，发型要有来龙去脉，
头、手、脚与躯干四肢要相互比较，画自己感受
的比例关系绝不能孤立的画某一局部。

7 学生作品

8 改优作品

作者对人物的头块、胸块、骨盆块既人物三大形块的分析、归纳、理解不到位，更谈不到相互之间立体的穿插动势关系了。建议作者要立体地分析三大体块的基本形体，并熟练的画出它们之间的动势关系。此画的大腿小腿和脚一定要贯穿去思考，不要有相互脱节不连贯之感。头发要围绕着头部（圆）的体积去组织发型，分成组，画出前后关系来。

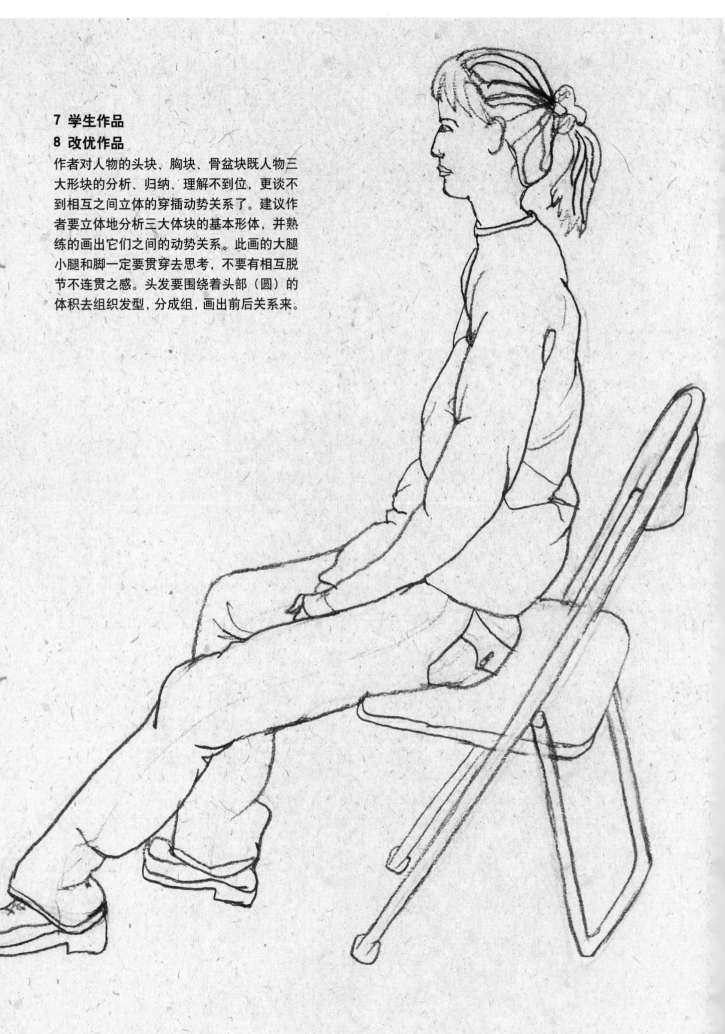

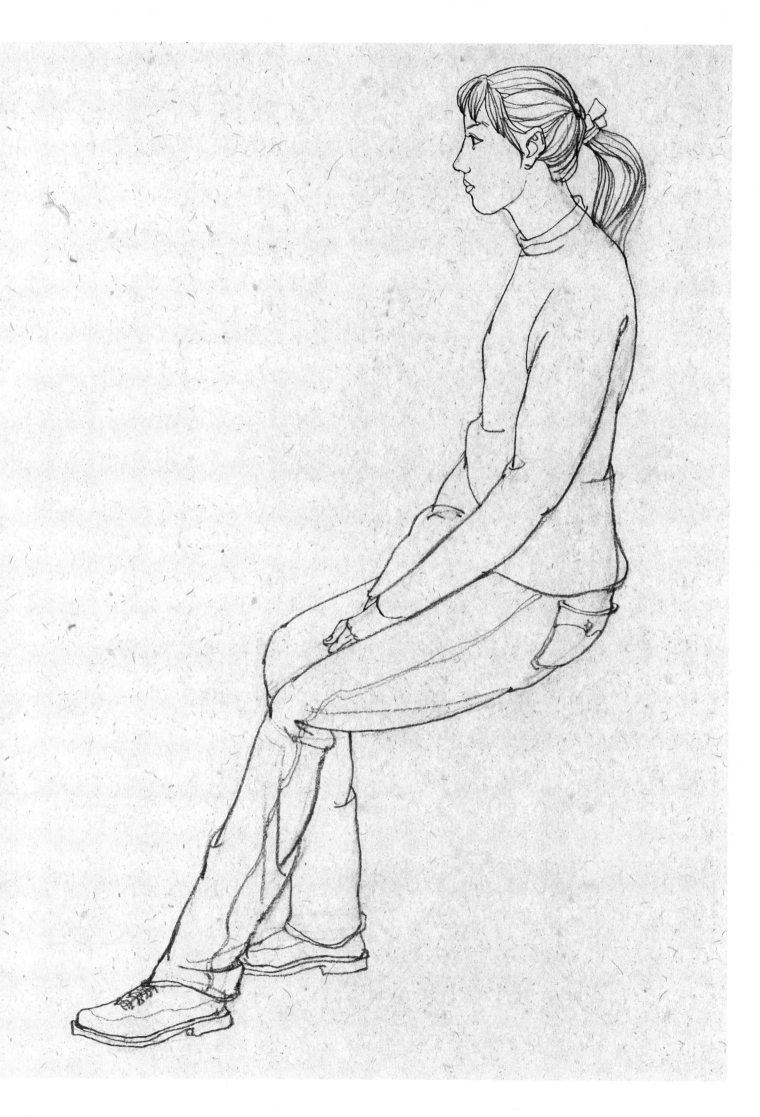

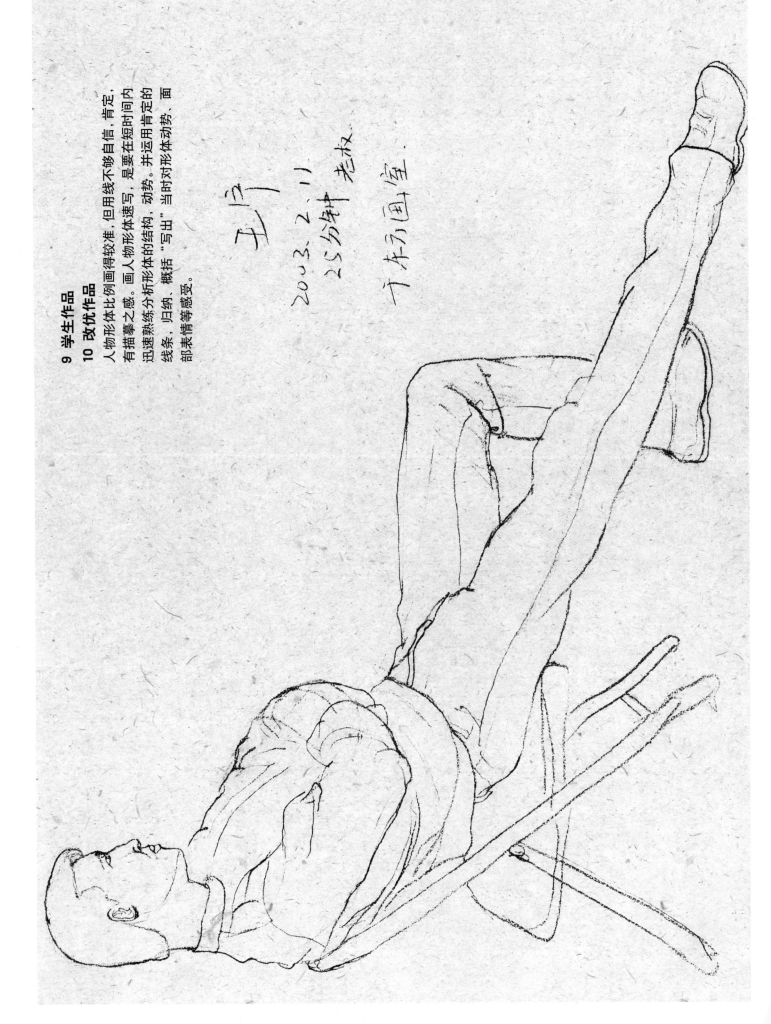

9 学生作品
10 改优作品

人物形体比例画得较准，但用线不够自信，肯定，有描摹之感。画人物形体速写，是要在短时间内迅速熟练分析形体的结构，动势，并运用肯定的线条，概括，归纳，"写出"当时对形体动势、面部表情等感受。

王门

2003. 2. 11
25分钟 老校.

个本习画室.

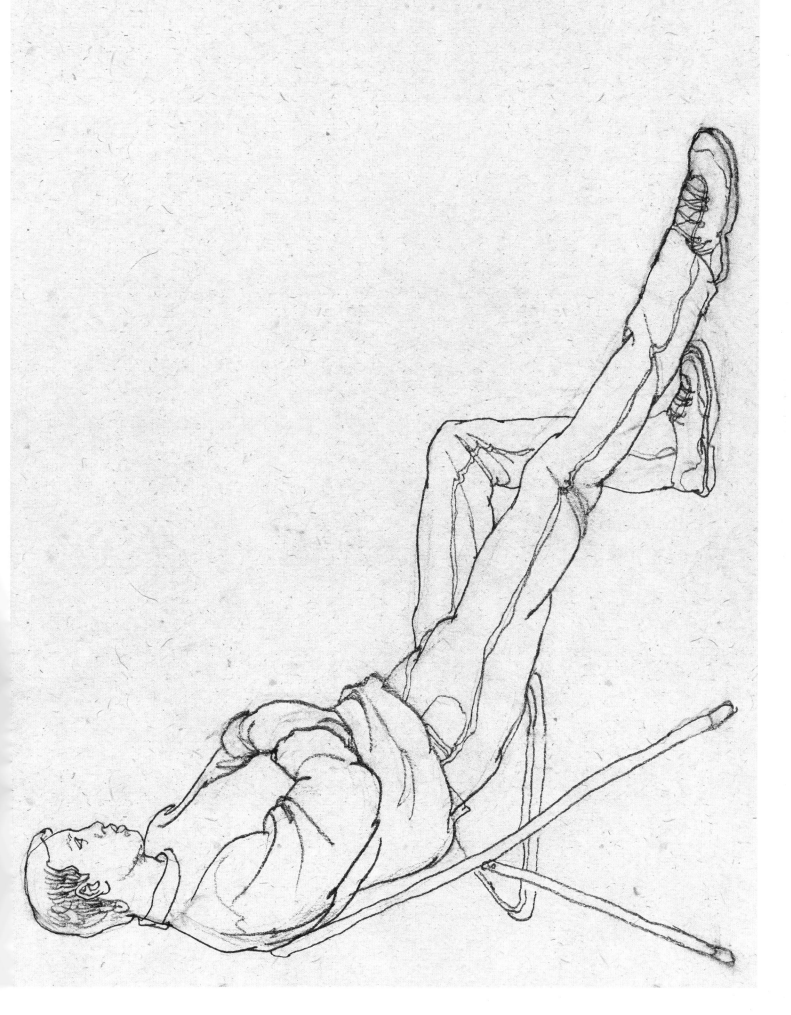

11 学生作品

12 改优作品

画面主要体块理解得不明确，用线不连贯，形体之间相互脱节。没有注意组织，归纳形体，也就谈不到主动用线去表现了。分析产生以上毛病的原因主要是局部观察，看一眼画一点，没有归纳组织大的形体意识，所以就产生了孤立用线，没有用线表现形体及没有注意形体之间的贯穿关系等问题。

徐晴晴. 2002. 7.

徐晴婷

2003.4

13 学生作品

14 改优作品

这位同学画的较好，但画得过于小心，很怕画错。在初学习画速写时，不可能没有败笔和画错的线条，但是当时画错的线条不要急于擦掉，要及时在错误的线条上迅速的补上一笔相对正确的线条。注意先抓住当时对形体的整体把握，保持连贯思考。等到全部画完后，再擦掉错误线条。线要有实、有虚有所变化。

实处（骨骼）

虚处

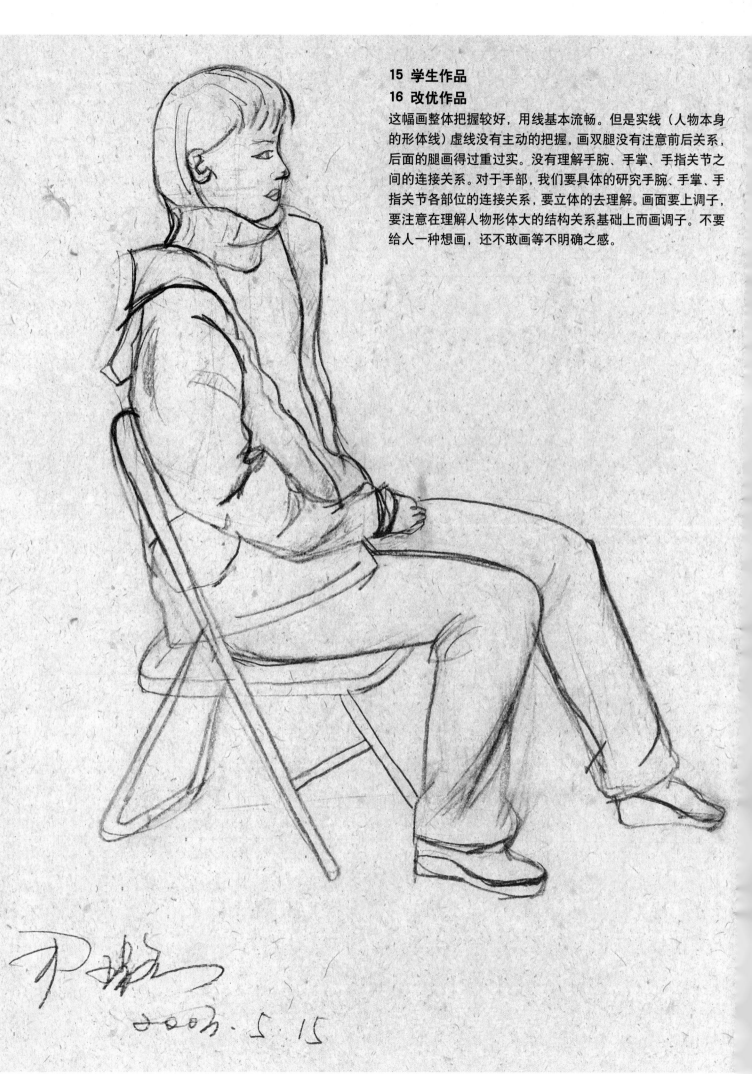

15 学生作品

16 改优作品

这幅画整体把握较好，用线基本流畅。但是实线（人物本身的形体线）虚线没有主动的把握，画双腿没有注意前后关系，后面的腿画得过重过实。没有理解手腕、手掌、手指关节之间的连接关系。对于手部，我们要具体的研究手腕、手掌、手指关节各部位的连接关系，要立体的去理解。画面要上调子，要注意在理解人物形体大的结构关系基础上而画调子。不要给人一种想画，还不敢画等不明确之感。

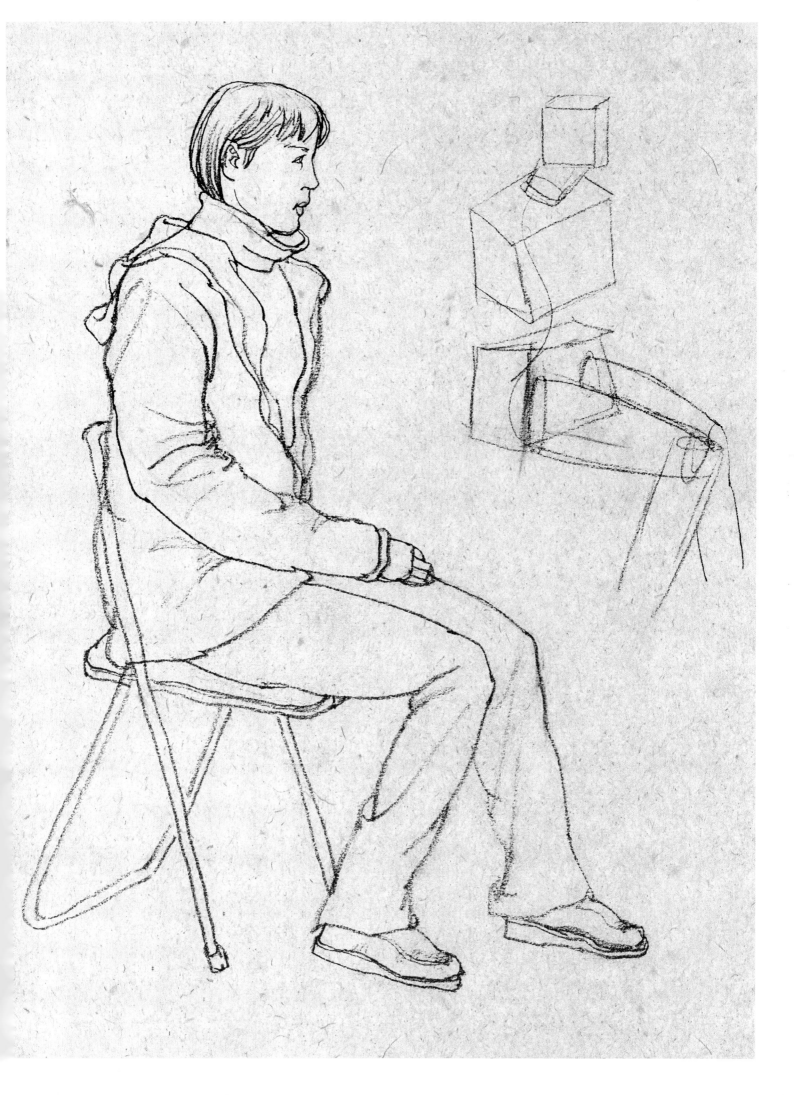

17 学生作品

18 改优作品

这幅速写完成得较好，人物的比例，胳膊的关节，腿部的支点表现的到位。另外作者想用一些调子去表现人物的体积感，可是画的不到位。不要为表现形体结构及形体前后关系而上调子。再有耳朵的内部结构关系没有画出来，手指用线也不连贯。

19 学生作品
20 改优作品

这位同学开始作画时，没有注意画面构图，人物在构图上偏左。按人物的比例，小腿相对画长了，头发没有按照前后关系组织好，手腕画得比手还粗。要注意手与腕形体的粗细比较关系，在注意画人物整体造型的基础上更要注意具体刻画人物的头、手、脚等部位。

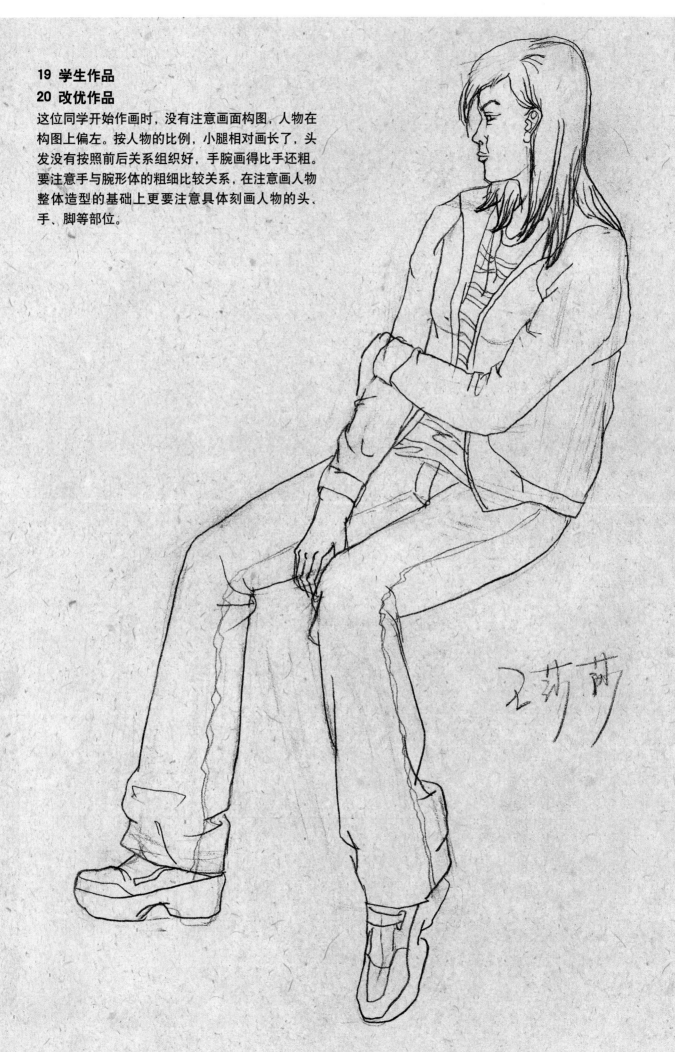

21 学生作品

22 改优作品

这幅速写注意了人物的比例，但是人物形体用线不流畅。
人物左腿有断的感觉，没有注意大腿与小腿的连贯整体关
系，另外也没有控制用线并考虑到主要形体的前后关系，
衣纹没有随着形体走向，胳膊上肢与下肢，肘关节部分没
有明确表现出来。

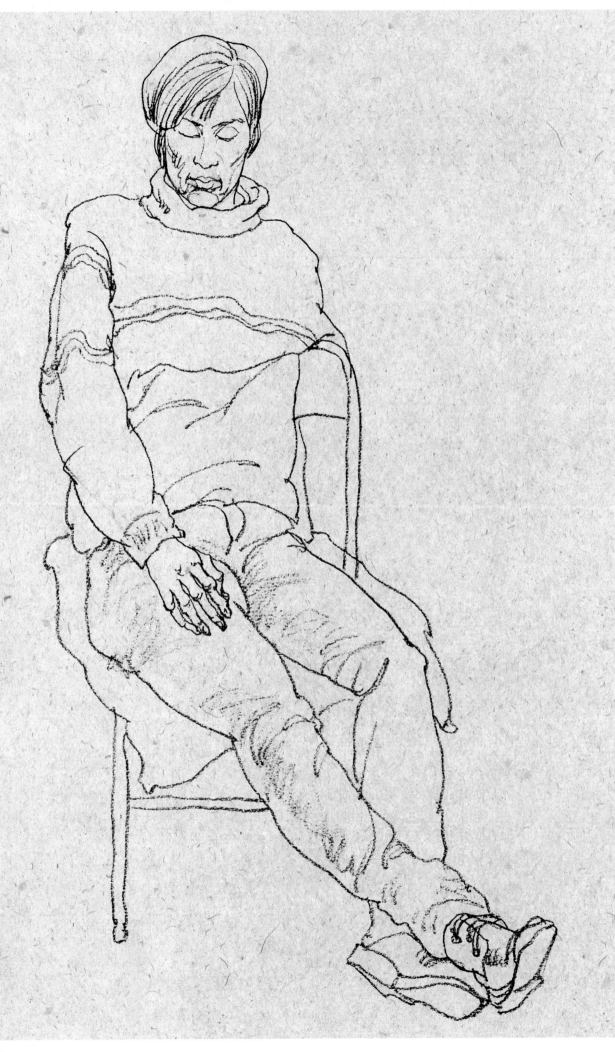

辛华画法

二〇〇二年十二月十六日.

28 侧身模特

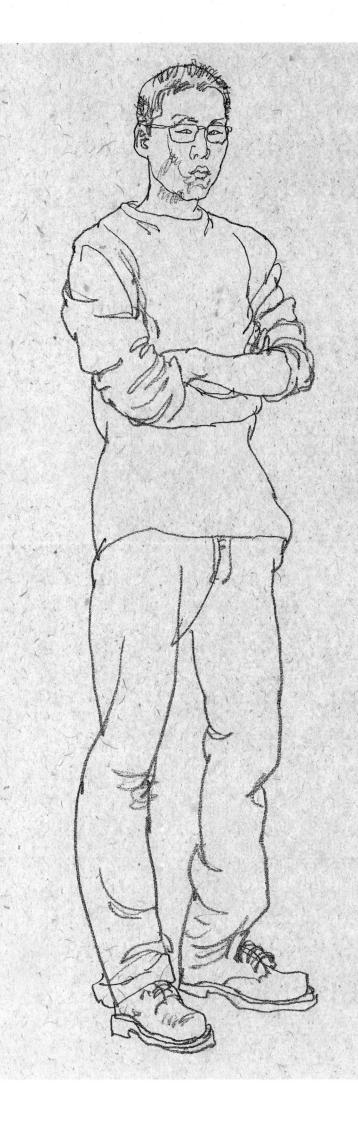

31 男学生

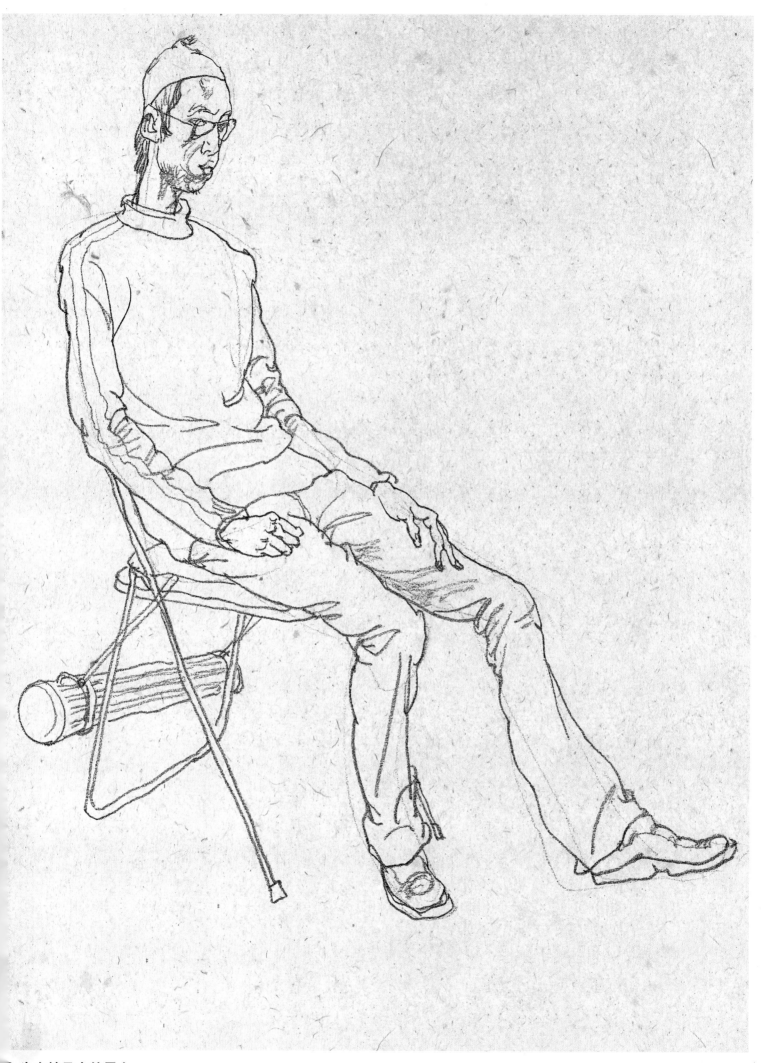

2 坐在椅子上的男人

33 女模特